Krän

Kraän

78,70 F
12 €

ERIC HERENGUEL
dessins et textes

FRANCK ZIMMERMANN
ERIC HERENGUEL
couleurs

Pour l'arrivée de Juliette et Clément,
Pour Lili et Céline.

Papa (pseudo familial de l'auteur !!)

Série dirigée par Thierry Cailleteau

Éditions Vents d'Ouest
31-33, rue Ernest-Renan
92130 ISSY-LES-MOULINEAUX

Dépôt légal octobre 2001
ISBN : 2 8696 7964 5
Imprimé par PPO Graphic, 93500 Pantin

AU ROYAUME DE TORGNOL LA VIE EST UN JEU AU SENS ALÉATOIRE. SI CERTAINS JOUENT LES PROLONGATIONS, À LA FIN DU TEMPS RÉGLEMENTAIRE IL FAUT BIEN COMPTER LES POINTS!
AMÈNE NOUS TES MICHES ICI, MA POULETTE, ET FAIS-NOUS LE PLEIN!
SANS PROBLÈME, GUEULE D'AMOUR.
?
DIS! T'AS DÉJÀ VU UN MEC QUI ASSURE ...
AVEC LES GONZESSES! ALORS ÉCOUTE-MOI ET PRENDS DES NOTES.
HIPS
HÉ! PAR ICI COCOTTE!
ELLE VA BOIRE QUOI, LA SARDINE?
J'ARRÊTE L'ALCOOL! C'EST JURÉ! D'AILLEURS J'VAIS PRENDRE UN LAIT TIÈDE ET DIRECT À LA POMPE! AMÈNE LES BIBERONS, MA POULE!
PLOT! PLOT!
ALAMBIC! 'Y A ENCORE UN COMIQUE QUI ME MANQUE DE RESPECT!
OUAF OUAF!
T'ES LOURD, LÀ!
1

ENCORE TOI, KUNU! AVEC TA GRANDE GUEULE, À CHAQUE FOIS QUE TU L'OUVRES, ÇA FAIT DES COURANTS D'AIR...
...ET TU RAFRAÎCHIS L'AMBIANCE !
GRRR
APPRENDS QUE CES TROIS BILLS QUE TU VOIS LÀ, BIN C'EST À LEUR COUSINE QUE TU VIENS DE PARLER !
J'VOULAIS JUSTE DIRE QU'ELLE EST BONNE...
...LA COUSINE !
PAS D'MA "FÔT"!
MAIS J'EN AI RIEN À PÉTER. J'AI AVEC MOI KRÄN, LE PIRE BARBARE DE TOUS LES TEMPS!
VOUS ALLEZ BOUFFER "VÔT" RACE!
MAIS LÀ TU VOIS JE SUIS OCCUPÉ, JE PRENDS DES NOTES!
WOUUUPS!
JE VOUS VOIS VENIR LES GARS, C'EST UNE BLAGUE!
BIEN VU?
AVEC VOS SALES GUEULES, VOUS ÊTES PAS SES COUSINS!
ON M'LA FAIT PAS, À MOI!
WOPS!
BAF!
PIS TU FERMERAS LA PORTE EN SORTANT, KUNU!
2

C'EST QUOI CETTE ODEUR?
MISÈRE! IL S'EST FAIT DESSUS !!
ALLEZ OUSTE! DEHORS!
ET QU ON T'REVOIE PLUS ICI!
AÏE!
SPROTCH!
HAHA
HAHA
HAHA
HAHA
C'EST MON POTE QUE VOUS VENEZ DE SORTIR ...
ALORS JE NE PEUX PLUS PRENDRE DE NOTES !
?
QU'EST-CE QU'Y DIT?!
BLAM
BAF!
BLING!
3

ALLEZ, À PLUS!
PIS RANGE UN PEU TON BAR, ÇA FAIT DÉSORDRE!
?
HÉ, KUNU!
QUAND T'AURAS FINI DE JOUER À L'ÉPONGE ON POURRA BOUGER!
AGAGUK
SNIF
WEUAH! MA "PAUV" TÊTE! TOUS DES POURRIS. S'IL Y A UN DIEU POUR LES INNOCENTS QU'IL ME FASSE SIGNE J'AI DEUX MOTS À LUI DIRE!...
ET À SA MÈRE LA PUTE
PLIK!
PLAK!
"TENTION" Y A UN SIGNE QUI ARRIVE!
PONK
AÏE!
MAIS BORDEL À COUILLES!...
STOP!
?
J'SUIS GENTIL AVEC LES DAMES PIS ON M'AGRESSE! ET TOI TU LAISSES FAIRE. T'ES PLUS MON POTE! T'ES UN GROS BÂTARD!
J'T'AIME PLUS, D'ABORD!
AH ENCORE!
?
EH BIEN C'EST TERMINÉ!
KUNU SE REBIFFE!
CAR J'AI L'ESPRIT DU FIGHT EN MOI!
VOUS VERREZ!
4

HEP!
MON PAUVRE AMI!
?
DÉGAGE, MEC! J'AI DÉJÀ EU MA DOSE D'EMMERDES POUR LA NUIT, MÉFIE-TOI!
J'SUIS UN LOSER SOLITAIRE.
ALORS ACCEPTERAS-TU DE PARTAGER TA SOLITUDE AVEC MOI?
T'ES QUI TOI D'ABORD ?
TONIO ...
...PLUS CONNU SOUS LE DIMINUTIF DE PLUMECOQ!
ET TOI, LES CICATRICES DE TON VISAGE M'AUTORISENT À CROIRE QUE TU ES UN GUERRIER!
HEU...
OUAIS... ON PEUT DIRE ÇA!
DANS MA CATÉGORIE JE SUIS LE PLUS FORT!
ALLONS BOIRE UNE CHOPE MON AMI, TU AS SUREMENT DES TAS D'HISTOIRES INCROYABLES À RACONTER!
OUAIS! PIS AVEC DES GONZESSES EN PLUS!
BAH?
?
C'EST DINGUE LES RISQUES QUE VOUS PRENEZ !
OUAIS! ET ENCORE, JE MINIMISE POUR NE PAS VOUS HEURTER!
5

QUEL GRAND AVENTURIER VOUS FAITES, C'EST ÉPATANT!
MAIS AVEZ-VOUS UNE BONNE ASSURANCE?
ASSURANCE? OUAIS, OUAIS, J'ASSURE À MORT!
JE M'EN DOUTE MON AMI. MAIS JE PARLAIS DE L'ASSURANCE CONTRE LES RISQUES, VOYEZ-VOUS?
ALLONS, ENTRE NOUS, AVEC TOUTE CETTE RACAILLE AUTOUR DE NOUS, VOUS DEVEZ AVOIR SOUSCRIT UNE BONNE COUVERTURE!
BEN J'SAIS PAS... J'AI BIEN UNE COUVERTURE QUAND IL FAIT TROP FROID!
LE FROID C'EST BIEN, MAIS LE CHAUD C'EST TERRIBLE!
AVEZ-VOUS PENSÉ À VOUS COUVRIR DU CHAUD?
PUTAIN ARRÊTEZ, QUOI! SI J'AI TROP CHAUD J'ME COUVRE PAS!
HEUM ...
JE VOIS.
ÇA TE DIRAIT DE DEVENIR RICHE?
JE VEUX, OUAIS!
BON, ALORS EN PREMIER TU DEVIENS MON AGENT EXCLUSIF DANS LA REGION. EXCLUSIF, ÇA VEUT DIRE QUE SI TU RAMASSES CENT BALLES, Y EN A SOIXANTE POUR MOI!
AH?
OUAIP
ICI, CHAQUE BARBARE EST UN CLIENT. TU POURRAIS COMMENCER PAR LEUR FOURGUER DES ASSURANCES INCENDIE!
STATISTIQUEMENT, LE BARBARE MEURT PLUS SOUVENT D'UN COUP DE HACHE ...
'SONT TROP CONS POUR FAIRE DU FEU!
$
6
*24 CARATS

NON, MESDAMES ET MESSIEURS, CE N'EST PAS UNE, CE N'EST PAS DEUX...
...MAIS TROIS ASSURANCES POUR LE PRIX D'UNE QUE JE VOUS OFFRE!
?
ARF!
VOUS ÊTES GARANTIS CONTRE LES SEISMES, LA NEIGE ET LES INCENDIES! OUI, LES INCENDIES!
SI ÇA CRAME VOUS ÊTES COUVERTS...
C'EST LA COUVERTURE CHAUFFANTE!
'SCUSEZ-MOI! J'EN VEUX BIEN UNE!
RIEN D'PLUS FACILE, LES GARS...
T'AMÈNES LA MAILLE ET HOP! MAGIQUE! T'ES ASSURÉ!
FACILE!
J'EN VEUX UNE!
ELLES DISENT TOUTES ÇA!
AMENEZ LA TUNE!
HÉHÉ!
J'EN VEUX!

'TAIN'! ÇA Y EST, J'SUIS RICHE!
HA! HA!
J'AI DES NUTS PLEIN LE STRING!
?
?
OUAIS...
T'AS PAS L'IMPRESSION QUE C'EST TROP FACILE, NON? MOI Y A UN TRUC QUI M'ÉCHAPPE!
JALOUX, VOILÀ TOUT! MAIS JE NE T'EN VEUX PLUS, APRÈS TOUT MON INTELLIGENCE NATURELLE DOIT T'IMPRESSIONNER...
D'AILLEURS JE T'ENGAGE COMME GARDE DU CORPS.
J'LE SENS PAS, TON TRUC.
NORMAL, L'ARGENT N'A PAS D'ODEUR! C'EST CONNU, ÇA!
NAN! J'VEUX DIRE, TOUT ÇA SENT...
...LE CRAMÉ!
VROOOUF!
8

GROU !
BRAVE BÊTE !
MON VIEUX GÉDÉON, TU PÈTES ENCORE LE FEU !
KÉKIFAI *
PSYCHOPATHE ! PYROMANE ! PÉDZOUILLE COSMIQUE ! C'EST PAS POSSIBLE !
'POUVEZ PAS FOUTRE LE FEU COMME ÇA !
* COMPRENDRE : L'ENCULÉ DE SA RACE IL SE CROIT OÙ
BEN LE PSYCHOPATHE, IL VIENT JUSTE DE SIGNER UNE ASSURANCE INCENDIE AVEC UN AVORTON QUI ME DOIT LA TOTALITÉ DES BIENS QUI ONT CRAMÉ ET J'AI ICI LA LISTE !
FAUDRA AUSSI PENSER AU PRÉJUDICE MORAL !
MAIS
C EST VOTRE DRAGON QUI A MIS LE FEU
ET ALORS ? J'AVAIS LA PROTECTION INCENDIE ET C'EST UNE ARNAQUE, ELLE NE MARCHE PAS. LA PREUVE !
REGARDE LES JOLIES FLAMMES !
ARF
C'EST RIGOLO LA VITESSE À LAQUELLE ÇA BRÛLE, CES VIEILLES BICOQUES !
HEUREUSEMENT QUE TU LES A TOUS ASSURÉS !
'Y A QUAND MÊME UN DÉTAIL NAVRANT.
J'AVAIS PAS LE TEMPS DE REMPLIR TOUS LES FORMULAIRES, ALORS J'AI ARRACHÉ LES PAGES D'UNE ENCYCLOPÉDIE QUE JE LEUR AI VENDUES COMME ASSURANCE !
ÇA AURAIT PU LE FAIRE.
S'IL N'Y AVAIT PAS L'AUTRE CRÉTIN AVEC SON DRAGON !
TU JOUES AVEC LE FEU, P'TIT GARS, ET ÇA COMMENCE À ME CHAUFFER LES OREILLES !
ALLONGE LE BLÉ, MAINTENANT.
9

C'EST À CAUSE DE LUI TOUT ÇA!
OUAIS! FAUT QU'IL PAYE!
ADIEU...
VEAUX VACHES DRAGONS!
MAMAN!
BEN J'ESPÈRE QU'ELLE ASSURE EN BASTON TA MÈRE, PARCE-QUE LÀ Y A DU TAF!
OH KUNU...
TAIS-TOI UN PEU TU M'FATIGUES!
J'AI MÊME RIEN DIT D'ABORD!
TU L'AS PENSÉ TOUT HAUT, C'EST PAREIL!
ET ARRÊTE DE RESPIRER UNE HEURE...
TU TE RENDRAS SERVICE!
GNA GNA GNA NANANÈRE!
GROS ZOB, VA!
MEUH! PAS D'MA FÔT! MAMAN! MAMAN! C'EST PAS MOI HEU!!
KUNU, LE KING-SIZE DES NAZES, TU TE REMETS, LÀ!?
GROS ZOB GROS ZOB GROS ZOB...
GLONK
VISITE!
?
10

ET LE PREMIER QUI L'OUVRE ...JE L'EXPLOSE COMPRIS ?
BIEN LE BONJOUR MES AMIS !
C'EST QUI CETTE BILOUTTE À DEUX PIEDS ?
C'EST UN GROS ZOB AUSSI !
ALLONS ALLONS, MES AMIS, J'AI UNE PROPOSITION À VOUS FAIRE ET VOUS ME REMERCIEREZ !
AVANT TOUT PARLONS CHIFFRES !
Moi Kunu Reconnais devoir un MAX de Tunes à Sieur : Plumecoq Moi Krän Reconnais être caution du triste Sir Kunu
en résu
Mille six cent trente trois millions en pièces d'or 24c+
CENT QUATRE-VINGT-DIX MILLE HUIT CENT SOIXANTE-DIX-NEUF MILLE SIX CENT TRENTE-TROIS..., FAITES HA ! MILLIONS DE PIÈCES D'OR !
WOH
GLOUP
J'ÉTAIS LÀ PAR HASARD, MOI !
ON DIT QUE LE HASARD FAIT BIEN LES CHOSES !
MAIS HÉLAS VOUS N'ÉTIEZ PAS ASSURÉS PAR HASARD !
JE REPRENDS DONC
CECI EST LA SOMME EXACTE QUE VOUS DEVEZ POUR AVOIR INCENDIÉ LA VILLE ET DÉTRUIT LA QUASI-TOTALITÉ DU QUARTIER DIT DES ASSASSINS.
J'AI DONC DEUX POSSIBILITÉS ! LA PREMIÈRE, VOUS REMBOURSEZ L'ENTIÈRETÉ DES SOMMES DUES AINSI QUE LES SOIXANTE POUR CENT DUS POUR LES CONTRATS SIGNÉS PAR SIEUR KUNU. LA DEUXIÈME PROPOSITION EST, DISONS, LA PLUS EXPÉDITIVE !
GRR !
TADADA !
VOYEZ !
VOUS AVEZ QUELQUES SECONDES DE RÉFLEXION, BIEN SÛR !
"TAIN", KUNU, LE GROS QUICK. J'SUIS SÛR QUE J'PEUX M'LE FAIRE !
REFUSE !
NAN ! TU TE LE FERAS PAS. PIS J'TE PARLE PLUS ! ON ACCEPTE VOTRE OFFRE !
11

À LA BONNE HEURE. SIGNEZ ICI ET ICI ...
MON AMI!
J'AIME PAS QUAND TU DIS MON AMI!
HÉ, TOI! TU CONNAIS CE TOUR DE MAGIE? ÇA S'APPELLE, "PAF DANS LA BAGUETTE MAGIQUE"!
?
HIC!
PAF!
POUÊT!
PAR LA PRÉSENTE, VOUS VENEZ DE VOUS ENGAGER AU GRAND TOURNOI ORGANISÉ PAR LA VILLE DE FOURBULUS!
TOURNOI QUE VOUS GAGNEREZ POUR REMBOURSER VOS DETTES!
HEIN?
COOL! ON PART EN VACANCES!
ARG RAGF *
* ET J'AI CRIÉ... ALINE... POUR QU'ELLES REVIENNENT!
BAF!
TAIN...
T'ES UN GROS ENFOIRÉ, TOI!
OUI!
BAF! BAF! PAF!
PING!
ALORS À DEMAIN MES AMIS!
AMENEZ-MOI D'AUTRES BOURREAUX, FAUT QUE J'M'ENTRAINE!
12

HA! ENFIN LIBRE, C'EST COOL LES GARS!
TU TE TAIS.
TU TE CASSES.
ET LA TUNE TU RAMASSES!
BIN MON P'TIT PAPA, ÇA FAIT CHAUD AU COEUR DE SE SAVOIR SOUTENU PAR SES AMIS ET SA FAMILLE...
ÇA M'VA DROIT AU COEUR...
ALORS ON Y VA!
UN P'TIT BISOU!
SI TU RECULES T'ES MORT!
HO! C'EST BON, J'AI DIT QU'ON Y ALLAIT, POUSSEZ PAS, QUOI!
PIS J'VEUX MA HACHE, BORDEL, ET DÉTACHEZ-MOI D'ABORD!
ÇA, ON PEUT LE NÉGOCIER!
IL EST COMIQUE LE TAMPAX! IL EST COMIQUE PARCE QUE BIENTÔT IL POURRA S'VANTER D'ÊTRE LE PREMIER TAMPAX AVEC LA TÊTE DANS L'CUL!
VU COMME ÇA!
OK!
C'EST LOIN D'ICI FOURBULUS?
ARF.
POUR CELUI QUI TIENT À SA VIE, C'EST JAMAIS ASSEZ LOIN!
13

* SOUVENT NOMMÉ : GROSSES MERDASSES DE FIN D'NIVEAU !

SUIVANT !
?
Y VEUT QUOI LE P'TIT GARS?
HEU! UN BULLETIN D'INSCRIPTION, TÊTE DE NŒUD!
SANS DÉC? MAIS Y A PAS TA CATÉGORIE ICI, À LA LIMITE DANS P'TITE BILOUTTE!
ET T'AS QUOI COMME SPÉCIALITÉ ?
TIR AU FLAN!
DEUX DE Q.I. ET T'ARRIVES À FAIRE DE L'HUMOUR... PERFORMANCE!
EN SPÉCIALITÉ J'TE VOIS BIEN DANS HYPOCONDRIAQUE DU CUL... ÇA C'T'UNE BONNE SPÉCIALITÉ POUR TOI!
ET TOI, DANS HYPOCON TOUT COURT!
HOLÀ JEUNE PALTOQUET NOUS VOUS SAURIONS GRES D'ÉCOURTER VOS FORMALITÉS!
HUM!
POUVEZ TOUJOURS VOUS PALADER AILLEURS !
NOUS AUTRES PALADINS ATTENDONS !
INSCRI
SUIVANT !
GRR .
?
DIABLERIE, MESSIRE ! UN GAROU !
DIABLERIE !
HAHA!
¡¡¡
ZZZIII
SHHII !
GRRR GRRK !
TOUCHE MON GAROU ET J'T'EXPLOSE LES FRUITS QU'TU POURRAS LES REVENDRE AU LITRE FAÇON SANGRIA!
DIANTRE !
PARBLEU UN CAMOUFLET !
GRR.
15

FAUT AVOIR ÉTÉ COMMIS-BOUCHER POUR IMAGINER CE QUE J'POURRAIS T'FAIRE AVEC UNE HACHE!
JEUNE HOMME, VOUS SEMBLEZ TOUT IGNORER DE L'ART DU COMBAT!
JE ME PRÉSENTE, DONALD DUGAYTROUD-BALLE!
VOUS COMPRENDRE LE FRANÇOIS !
ALLONS ALLONS, MES AMIS!... CELA EST UN MALENTENDU! MONSIEUR AIME LES GAROUS !
ET J'AI ICI UNE ÉDITION DES RÈGLES À DÉDÉ ÉCRITES PAR MOI-MÊME ET QUI RÉPERTORIE LE GAROU COMME BESTIOLE ULTRA, MEGA, VERY DANGEREUSE AVEC MENTION UPGRADE DES POINTS D'ARMURES SI VOUS ENGAGEZ L'ATTAQUE EN NOCTURNE!
REGLES A DÉDÉ
NOUS ALLONS OCCIRE LA BÊTE!
OH NON!
OCCIS!
OH NON!
OCCIS!
GRR.
ON SE CALME! ON SE CALME! C'EST JUSTE UN GAROU DOMESTIQUE!
ET IL PARTICIPE AU TOURNOI AVEC NOUS !
IMPOSSIBLE! LE GAROU EST ET RESTE UN ANIMAL ULTRA DANGEREUX; LES ÉQUIPES NE PEUVENT ÊTRE CONSTITUÉES QUE DE HÉROS PATENTÉS!
BON, J'AI FAIT LE MAX.
BONNE CHANCE!
TROP DRÔLE! SI ON M'AVAIT DIT QU'UN JOUR J'COMBATTRAIS UNE P'TITE SAUCISSE AU BOUT D'SON CURE-DENT!
EN GARDE, MANANT!
STOP !
JE NE LIS AUCUN PASSAGE DANS CES RÈGLES À DÉDÉ QUI INTERDISE L'INSCRIPTION DU GAROU EN TANT QUE MASCOTTE!
DONC, RIEN N'INTERDIT QU'UNE MASCOTTE UTILISE SES DENTS POUR SE DÉFENDRE!
QU'IMPORTE! UN AFFRONT DOIT ÊTRE RÉPARÉ!
PLAF!
JE VOUS JETTE LE GANT!
T'ES UN VRAI CADEAU TOI!
OUPS
16

oyez oyez !
VOICI LE RAPPEL DES ÉQUIPES, VOUS ÊTES CHANCEUX !
REMETTONS CETTE QUERELLE À PLUS TARD !
Cher public, l'heure est venue de sonner le départ de la grande course. Une épreuve éliminatoire ! Et question élimination croyez moi, j'ai fait mes preuves !
Vous volerez en territoire troll . Une fois posés vous ramènerez une fiole d'eau de source dont la fontaine se trouve au centre du village de Vitroll mais méfiez-vous, c'es trolls n'apprécient les étrangés que servis en ragoût.
préparez-vous pour la course des dragons !
J'appelle les nains du chaos, les orques noirs, les paladins, les barbares et les amazones !

TU NOUS VOIS FAIRE ÇA, TOI ! CHUIS GAULÉ COMME UNE MOULE MARINIÈRE ! ET TU PENSES QU'ON VA GAGNER !
HUM
C'EST QUOI ?
TIENS, PRENDS UNE PILULE PAR JOUR ! C'EST D'LA BALLE ! AVEC ÇA TU VAS MARBRER DU GROS BILL !
UNE SEULE.
JAMAIS DEUX !
OK !
C'EST BIZARRE, ÇA A UN GOÛT ZARBI !
ON DIRAIT DU TROLL CUIT !
SNIF !
BIEN ! ON S'VOIT AU PROCHAIN CHECK POINT.
DÉGAGE MICROBE !
WAAH !
SONT BIEN DODUS LES GNÔMES PAR ICI !
D'LA MERDE !
PAS L'CHOIX !
GLUP .
HAUT LES COEURS, KUNU ! C'EST L'DÉPART .
J'VAIS ME RÉVEILLER. C'EST SÛR
NAN C'EST LA MERDE !
TU SAIS DIRIGER UN DRAGON, P'TÊT !
OUAIH .
ENFIN, FAUT IMPROVISER !
18

ÇA CRAINT À MORT, UN DRAGON...
ET HEU JE...
?
SALUT LES GARS, ÇA ROULE POUR VOUS ?!
WOOH
TAIN, ÇA ROULE, J'VOIS QU'ÇA !
ET TOI, TU FAIS QUOI AVEC CETTE LAME À DOUBLE TRANCHANT ?
J'FRACASSE DU BILL, M'DAME !
C'T'UNE BILLETTE CONTOUR !
LA PREMIÈRE LAME SOULÈVE LA TÊTE... PIS LA SECONDE L'ARRACHE ! *
PSHIIT
* MERCI DIDIER MARECHAL
ARRÊTE. TU M'EXCITES. J'AI LE GAMEPLAY HYPER DÉVELOPPÉ, TU SAIS !
...
J'SUIS PRÊTE À TOUS LES SCÉNARI MON POULET !
BON, ON S'VOIT SUR LA LIGNE DE DÉPART !
'TAIN ! J'AI JAMAIS VU UN CUL D'AUSSI CHARMANTE COMPAGNIE !
ALLEZ BOUGE !
19

MAGNEZ-VOUS LA COUENNE, BANDE DE CAVES !
'TAIN ! MAIS J'LE CONNAIS CE TYPE.
?
SALUT P'TIT BRAS !
C'EST BIEN MOI J'SUIS LE MAÎTRE DRAGON ET J'TE CONFIE GÉDÉON POUR ÊTRE SUR QUE TU GAGNES !
L'ARNAQUE ! TOUT ÇA C'ÉTAIT PRÉMÉDITÉ ! LE PEDZOUILLE COSMIQUE ÉTAIT DANS L'COUP !
SANS OFFENSE DE NOTRE PART, NOUS AIMERIONS BIEN DÉCOLLER !
D'T'FAÇON NOUS LES ORQUES ON VA TOUS VOUS POURRIR !
C'EST PAS DES PALADINS D'MES DEUX QUI VONT CHANGER ÇA !
A vos marques prêts...
PARTEZ !
YO !
M'MAN !
20

Y'VOLE COMME UNE ENCLUME!
REDRESSE, POULET DU CHAOS D'MES DEUX!
LE POULET N'A AUCUN ORDRE À RECEVOIR DES HUMAINS ET D'UNE TEIGNE POILUE!
HO...Y PARLE!
V'LÀ AUTRE CHOSE!
T'FAÇON, PLUS ÇA VA MOINS ÇA VA!
LA COMPAGNIE "DRAGON-LINE" DÉCLINE TOUTE FORME DE RESPONSABILITÉ EN CAS DE PERTE D'OBJETS DURANT LE VOL!
POUR DES RAISONS DE SÉCURITÉ, ÉVITEZ DE DÉPOSER VOS BAGAGES À MAIN SUR L'EMPENNAGE ARRIÈRE!
BARBIE À BÂBORD!
ON VA LEUR DIRE QUI C'EST LE KEN!
YIERK! YIERK!
ÇA SENT LES ENNUIS QUI S'APPROCHENT!
DÉJÀ!
21

SALUT POULETTE ! T'AIMES VOLER À C'QUE J'VOIS !
ÇA TOMBE RUDEMMENT BIEN, VU QU'JE VAIS T'VOLER DANS LES PLUMES !
VROUFFF
TCHOC !
EN FAIT C'EST UNE BALADE ASSEZ COOL, NON !?
DÉGAGE !
ET ICI 'Y A RIEN QUI RISQUE DE NOUS TOMBER SUR LA TÊTE !
22

?
OUCH
BUMP!
WEUAH!
!
BROF!
?
CHUIS VACHEMENT CONTENT D'ÊTRE ARRIVÉ ICI!
JE VOIS... ENFIN J'VEUX DIRE, J'AVAIS SENTI!
AAARRA
MEUAH
JE SIGNALE QUE NOTRE RÈGLEMENT INTERDIT LE SURBOOKING!
VEUILLEZ DESCENDRE IMMÉDIATEMENT!
WEEUUH... J'AI RIEN FAIT, MOI!
GRR
LE POSTE DE PILOTAGE EST INTERDIT AU PUBLIC!
CECI EST UN DÉTOURNEMENT DE DRAGON!
SUIVEZ CES AMAZONES FISSA!
23

UNE PILULE ÇA DOIT PAS ÊTRE ASSEZ!
GLOUP!
D'LA MERDE!
J'T'AI DEMANDÉ DE CHANGER DE CAP PAUV'NAIN!?
BLOF. BLOP!
POUÊT!
EN PREMIER, DÉCAPSULER!
BIEN AGITER!
PROTCH PROTCH!
ET SERVIR FRAIS!
BAF!
24

ET SURTOUT BIEN ESSUYER LA DERNIÈRE GOUTTE, SINON C'EST PAS PROPRE!
PROTCH!
GNN.
ON EST ARRIVÉS, J'ME POSE ICI!
PLITCH!
VOLETS TIRÉS!
AÉROFREINS OK!
CONTACT.
TAIN, KUNU, TE V'LÀ.
PAS TROP TÔT!
J'ÉTAIS AVEC LES NANAS, MAIS ELLES M'ONT LARGUÉ ICI LES CHIENNES!
'Y A D'LA GONZE PAR LÀ, C'EST COOL! 'FAUT QUE J'NIQUE J'AI LES NERFS!
UN PEU MOINS FORT, QUOI! Z'ÊTES AU MILIEU DU TERRITOIRE DES TROLLS!
ÉCOUTEZ, J'VAIS PAS LE DIRE DEUX FOIS!
25

DEVANT VOUS À UNE LIEUE Y A VITROLL, J'VOUS RÉCUPÈRE DANS DEUX HEURES DE L'AUTRE CÔTÉ.
J'ESPÈRE QU'IL Y AURA D'LA MEUF!
HELLO LES GARS! ÇA BAIGNE ?!
FLAP!
FLAP!
TIENS, V'LA RAOUL!
J'AI DÉPOSÉ LES NAINS DU CHAOS UN PEU PLUS LOIN! TU VERRAIS ÇA, DES ALCOOLOS DE PREMIÈRE!
Z'ONT PICOLÉ TOUT LE VOYAGE!
ET LES MIENS ALORS! DES VRAI BRUTES, Y'SE SONT MÊME BATTUS!
Z'ÊTES TOUJOURS LÀ, VOUS?
ENCLENCHEZ LES BOOSTERS, Y A LES NAINS QUI VOUS METTENT UNE LONGUEUR D'AVANCE...
C'EST LA HONTE POUR VOUS!
Y'Z'ONT DÛ COUPER COURT, VOILÀ TOUT!
26

C'EST DES VRAIS NAINS DE GARENNE!
J'AI UNE IDÉE!
HIPS!
HO! LES NAINS! VOUS ÊTES AU BEAU MILIEU D'UN JARDIN LÀ, FAITES GAFFÉ!
TROP FORT, KUNU!
C'EST UN VIEUX TRUC AVEC LES NAINS!
Y'Z'ONT TOUS UN JARDIN SECRET.
LÀ, Y Z'EN ONT POUR UNE SEMAINE À S'EN REMETTRE!
GRR!
???
BON, MAINTENANT QU'LES PRÉSENTATIONS SONT FAITES, ON VA ATTAQUER UNE P'TITE DANSE!
OUAIS! J'VAIS BATTRE LA MESURE.
?
?
27

BLEURTCH!
TOI TU VAS FAIRE LA TÊTE DE GONDOLE AU CIMETIÈRE !
ARF
HÉ!HÉ!
HÉ!HÉ!
BON! FAUT LA JOUER INFILTRATION, SINON ON VA PAS Y ARRIVER!
HUM!
GRAT GRAT
J'AI COMME UN COUP D'MOU, LÀ. J'ME SENS PAS EN FORME!
NORMAL, T'AS PAS L'HABITUDE !
PIS CETTE EPÉE, ELLE EST DE PLUS EN PLUS LOURDE !
BLOBLOP!
28

ÉCOUTE MON IDÉE QU'ELLE EST BONNE !
ON VA S'CAMOUFLER EN TROLLS !
BLEURP!
TIENS, KUNU! TU PASSES LA PEAU DE LA FEMELLE !
ELLE EST PLUS À TA TAILLE !
D'LA...ZUT! ELLE A DES GROS TÉTONS! J'VEUX PAS !
J'VEUX PAS FAIRE LA TROLL, MOI!
ON VA PARLER EN TROLL
POUR FAIRE ENCORE PLUS VRAI ...
VAS-Y DIS QUÉKQUE CHOSE!
HEU!
RATAPROUT GRR GRR ZOB ZOB !
ÇA VOULAIT DIRE QUOI, ÇA?!
BIN... RATAPROUT GRR GRR ZOB ZOB .
"TAIN... C'EST PAS GAGNÉ !
29

NAIN, J'AI MARCHÉ DANS LA MERDE ...
HEU ...
J'VEUX DIRE! "MERDE"! J'AI MARCHÉ DANS UN NAIN!
BEURK, C'EST DÉGUEU !
OUAIS! MAIS DU PIED GAUCHE ÇA PORTE CHANCE!
YERK YERK!
'FAUT PARLER LE TROLL, J'T'AI DIT !
CHUIS MOINS SÛR POUR LE COUP DU CAMOUFLAGE !
J'AI BESOIN D'UNE P'TITE PILULE ...
VOILÀ TOUT !
FROUT FROUT?
?
FROUT FROUT!
HEIN?
RATA-FROUT! GRR GRR ZOB ZOB!
30

FROUT FROUT GRR GRR ZOB ZOB!
HA! KUNU, SACRÉ GAILLARD, TOUJOURS PRÊT À PAYER D'SA PERSONNE!
FROUT! FROUT!
AÏE!
AH NON! Y EN A UN QUI A MIS DU NAIN PARTOUT... BEURK! C'EST DÉGUEU!
PERMETTEZ, GENTE DAME, MAIS IL SIED DE DIRE "GENS DE TAILLE RÉDUITE!"
CELA EST PLUS DIGNE VOYEZ VOUS !
BIN Y A DU GENS DE TAILLE RÉDUITE ÉTALÉ PARTOUT, C'EST LA MERDE!
OUI MAIS IL SIED DE DIRE "LE GENS DE TAILLE RÉDUITE EST ÉTALÉ TELLE UNE MATIÈRE FÉCALE SUR LE SOL", VOYEZ-VOUS!
C'EST LA MERDE, QUOI!
RATA-PROUT GRR GRR ZOB ZOB,
ÇA VEUT P'TÊT DIRE J'AIME LE CUL, EN TROLL!
SALUT LES TAFIOLLES !
ALORS COMME ÇA T'AIMES LE CUL? NORMAL, AVEC TA GUEULE DE PROUT!
C'T'À MOI QU'TU PARLES CONNARD ?
BLOBOOP
HEIN?
31

"TAIN", J'AI L'EUROSTAR QUI M'A DÉFONCÉ LE TROU D'BALLE ET C'EST COMME ÇA QU'TU M'PARLES?
C'EST ÇA, MORBAC! VIENS JOUER DANS MES POILS!
BAF!
QUE?
POUAH! ÇA SENT LA BIÈRE DE TABLE PAR ICI!
AVANCEZ SANS CRAINTE, GENTES DAMES! JE FAIS DE MON CORPS UN REMPART!
ET SI TU POUVAIS FAIRE DE TA BOUCHE UNE CELLULE, ÇA S'RAIT PARFAIT!
DIABLERIE!
DEUX TROLLS S'ATTAQUENT À NOS ORQUES!
?
32

* DEUX CERISES + UNE BANANE = JACKPOT!

RÉCLAMATION !
JE DÉPOSE UNE RÉCLAMATION POUR SUBTERFUGE!
FAIT CHAUD LÀ D'DANS!
AUX ARMES !
ARF.
TAIN, J'AI LES NERFS! 'FAUT QUE J'NIQUE!
J'arrive... chers amis, j'arrive !
Quel désordre impose ma présence en ces lieux ?
Ha ! Bien entendu, encore eux !
C'EST DES TRICHEURS, M'SIEUR!
LE MOMENT EST MAL CHOISI POUR S'ÉNERVER, NON?
QUEL CUL !
DU CUL! J'VEUX DU CUL !
?
Il est avec vous celui-là ?
Enfin, plus pour longtemps, Je sens son cœur qui flanche !
Un cœur qui lâche pour une histoire de cul, c'est un comble !
GRK GRK!
OH!
KUNU ÇA VÁ PAS ?!

OUPS
LA JUSTICE DIVINE A FRAPPÉ LE TRAVESTI !
IL EST TOUT RAIDE !
IL EST MORT, QUOI !
oui,
kunu n'est plus.
vous m'excuserez mais j'ai une épidémie qui m'attend.
TU RESTES LÀ, TÊTE D'OS !
MON POTE EST MORT ET TU CROIS QUE J'VAIS TE LAISSER PARTIR ?!
allons allons !
VROOF !
si la vie est fragile je n'y peux rien !
avec moi au moins ça dure !
DUR !
ÇA RÉSUME BIEN VOTRE SITUATION, LES MECS !
DIABLERIE ! DES TROLLS PARLANTS !
ON VEUT PAS D'VOS ORDURES ICI !
J'VAIS TE RAMONER L'BULBE, ÇA T'APPRENDRA LE RESPECT ENVERS MON POTE KUNU !

TIENS! V'LÀ POUR LA TERRINE DU CHEF!
C'T'UN COUP GAGNANT! PAS BESOIN DE SORTIR LES DÉS À DOUZE FACES !
POINT D'EMPORTEMENT. ICI CE SONT LES FEMELLES QUI DIRIGENT!
?!
PROTCH!
DIABLERIE !
PAS COOL, LA MISS!
COURAGE ...
FUYONS !
ON S'CASSE D'ICI, J'AI DEUX MOTS À DIRE À LA MORT!
ENFIN ...
C'EST PLUTÔT ELLE QUI VA NOUS TROUVER !
36

HO! LES POULETS À ÉCAILLES! RÉVEILLEZ-VOUS!
DÉCOLLAGE IMMÉDIAT !
?
AAAH!
ÇA VOUS FERA UN SUPPLÉMENT DE SURCHARGE!
CONTINUE COMME ÇA ET J'VAIS T'ALLONGER UN SUPPLÉMENT D'FERRAILLE DANS LA FACE!
J'AI ENCORE UNE REQUÊTE À FAIRE !
POURQUOI DOIT-ON GARDER LE CADAVRE DE SIR KUNU À BORD? CELA OCCASIONNE LA SURCHARGE!
DONALD, J'T'AIME BIEN, EN FAIT !
C'EST VRAI, TU TE PLAINS TOUT LE TEMPS, T'ES SUPER LOURD EN VÉRITÉ. TU ME RAPPELLES MON KUNU... EN PLUS GRAVE!
COMMENT ... JE DÉPOSE UNE RÉCLAMATION POUR...
TA GUEULE !
37

ah enfin ! voici nos finalistes sous vos applaudissements, merci !
TERMINUS ! TOUT L'MONDE DESCEND !
bienvenue dans l'arène de la mort qui tue !
TU VAS BOUFFER TES MOLAIRES POUR C'QUE T'AS FAIT À KUNU !
allons, vous n'êtes pas le premier à prendre le mort aux dents !
donnez-moi la fiole contenant l'eau de vitroll !
38

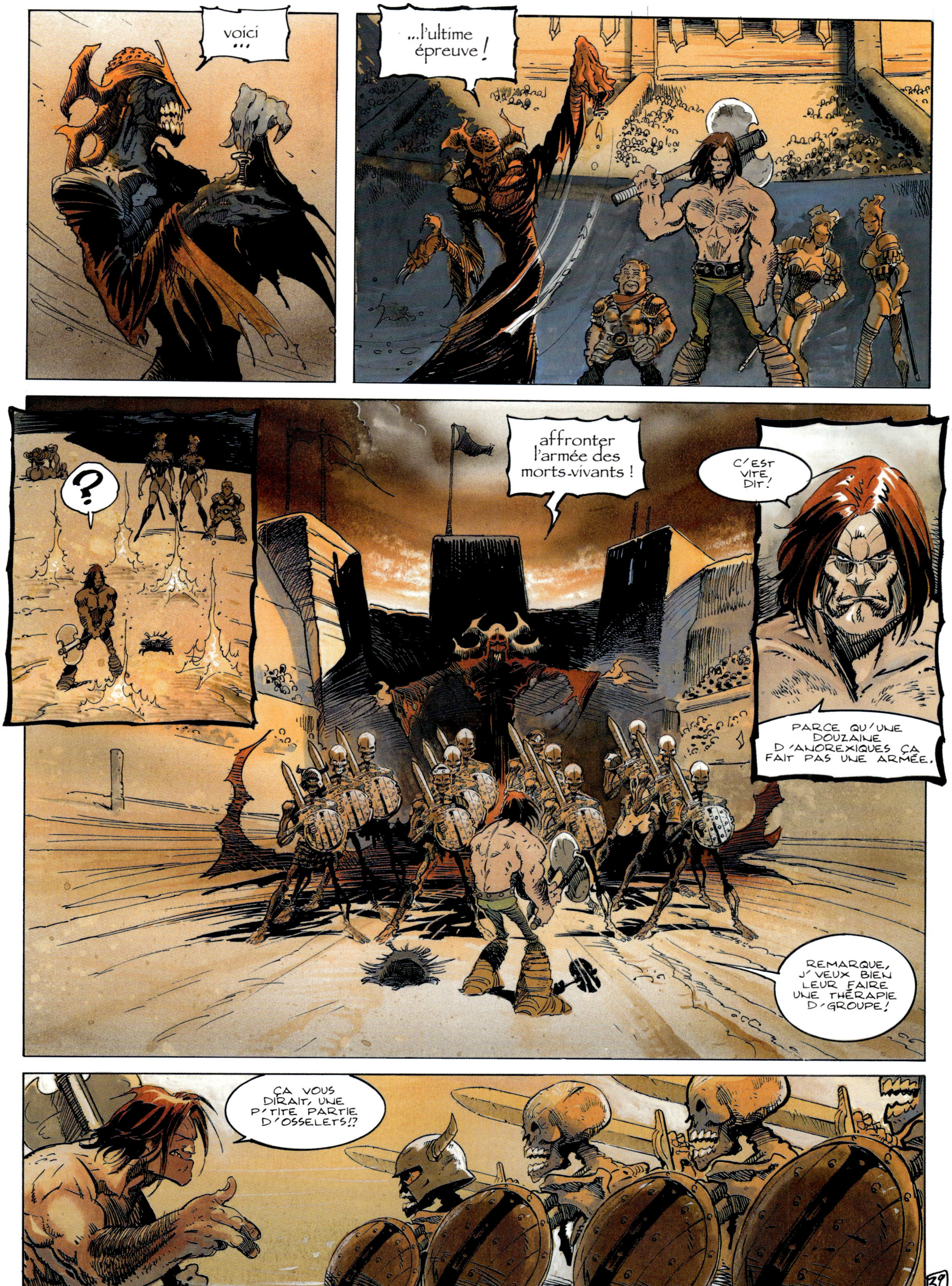
voici
...
...l'ultime épreuve !
?
affronter l'armée des morts-vivants !
C'EST VITE DIT !
PARCE QU'UNE DOUZAINE D'ANOREXIQUES ÇA FAIT PAS UNE ARMÉE.
REMARQUE, J'VEUX BIEN LEUR FAIRE UNE THÉRAPIE D'GROUPE !
ÇA VOUS DIRAIT, UNE P'TITE PARTIE D'OSSELETS !?
39

ARF!
KLAK
KLIC
KLIC
KLAK
KLIC
KLAC
VOUS PRÉFÉREZ P'TÊT' UN MIKADO! *
*JEU DÉBILE OÙ IL FAUT EXTIRPER DES BÂTONS ENTREMÊLÉS !
PROTCH!
J'VAIS T'BOUCHER TES DENTS CREUSES, TÊTE DE MORT !
CE VILAIN N'A RIEN DE VITAL!
SUIVANT!
GRR!
BERK!
TRIPOTÉES PAR DES MORTS MÊME PAS VIVANTS, C'EST ABOMINABLE!
PAS QUESTION D'METTRE LES DOIGTS LÀ-DEDANS !
OUAIS! Z'ÊTES QU'UN VIEUX PERVERS!
AU PLAISIR !
ÇA SUFFIT .
J'AI DÉJÀ MARCHÉ DANS DU NAIN!
40

TIENS! C'EST TOUT BON POUR TON ARTHRITE!
VAS-Y MON P'TIT GARS! METS-Y SA BRANLÉE À CE TAS D'OS!
OH? PAPOUNET! C'EST COOL D'ÊTRE VENU NOUS SOUTENIR!
AÏE!
R'GARDEZ-MOI C'T'ANDOUILLE! Y FAIT L'BEAU ET PAF, LE V'LÀ K.O.!
J'VOIS RIEN QUAND TU PARLES!
AÏE!
CECI EST UNE BIEN FÂCHEUSE SITUATION!
JE SUIS DÉSOLÉ MAIS JE PENSE DÉFAILLIR!
OUPS! JE DÉFAILLE!
TIENS?
V'LÀ RAOUL!
EN APPROCHE D'URGENCE! TROP FORT!
41

*PREMIER BOSS OFFICIEL DE FIN D'NIVEAU.

GRMMF!
LA VACHETTE!
LA VACHETTE!
BAF!
iiik!
C'EST PAS UNE BONNE IDÉE D'FAIRE ÇA À UN GAROU!
KAÏ
KAÏ
PUTAIN! OÙ C'EST QU'J'AI MIS MA HACHE!?
TILT!
43

*MAMAN! EN VACHE PARLÉ.

ON A GAGNÉ!
ON A GAGNÉ!
GROU !
OUAIS! C'EST NOUS LES PLUS FORTS ...
ON ASSURE HÉ! HÉ!
soit vous avez gagné le grand trésor de fourbulus !
VROOF!!
NON .
J'VEUX PAS DE TON FRIC !
ATTENDEZ! QU'EST-CE QU'IL A DIT ?
BIN!
IL VEUT PAS PRENDRE L'ARGENT ...
allons bon! et que désires-tu en échange?!
J'VEUX MON KUNU VIVANT !
PIS UNE HACHE ANTIROUILLE !
WEUAHH... PAS D'MA FOT!
voeux exaucés chers amis. après tout vous finirez bien par mourir une seconde fois!
45

SPECIAL MERCI A FRANCK VAUTRAIN, DIDIER MARECHAL, FRED FREJARD ET SYLVAIN RICARD !